본향 가는 그날까지

본향 가는 그날까지

펴 낸 날 2025년 10월 27일

지 은 이   정채균
펴 낸 이   이기성
기획편집   최인용, 서해주, 권희연
표지디자인   최인용
책임마케팅   이수영. 김정훈
펴 낸 곳   도서출판 생각나눔
출판등록   제 2018-000288호
주   소   경기도 고양시 덕양구 청초로 66, 덕은리버워크 B동 1708, 1709호
전   화   02-325-5100
팩   스   02-325-5101
홈페이지   www.생각나눔.kr
이 메 일   bookmain@think-book.com

- 책값은 표지 뒷면에 표기되어 있습니다.
  ISBN   979-11-7048-930-6(03810)

본향 가는 그날까지

종착지는 끝이 아니라 영혼 안식할 새로운 시작이니
주님 예비하신 본향 집, 간절히 기원하네!

정채균 聖時調集

생각나눔

동행자(Walk With The Lord)

끝없는 멀고 먼 여로, 돌아보면 짧은 인생
험난한 가시밭 진흙탕이지만
꽃 피어 향기 가득한 계절도 있었지
폭풍우 몰려와 피할 수 없어도
청명한 하늘 뭉게구름 소망이었고
어둠 속 한 줄기 별빛, 나침반으로 인생길 인도했네

홀로 걷는 외로운 세상살이
그분은 그늘과 불기둥 되어 함께했으니
착하고 충성된 종으로 봉사하다가
천국 가는 막차 놓치지 않고 입성하여
심판에서 칭찬받고 금 면류관 받으리.

종착지는 끝이 아니라 영혼 안식할 새로운 시작이니
주님 예비하신 본향 집, 간절히 기원하네!

성경의 시가서(詩歌書)가 가장 완벽하고 아름다운 글이지만
설교 말씀을 듣고 시조로 따라잡기 한 부족한 시편입니다.
생명의 꼴을 먹여주시는 강규석 담임목사님과
정이남 목사님, 박윤성 장로님, 이관형 교수님께 감사드립
니다.

2025년 풍성한 계절에 인천 송도에서
하림/정채균 안수집사

|차 례|

제1부
거룩한 뿌리

일어나 걸으라 · · · · · · 14

합력(合力)의 기도 · · · · · 15

꿈의 성취 · · · · · · · 16

온전(穩全)한 뜻 · · · · · 17

믿음을 따라서 · · · · · 18

구원의 감사 · · · · · · 19

변화의 능력 · · · · · 20

전도자 · · · · · · · 21

성숙한 그리스도인 · · · · 22

끝없는 감사 · · · · · · 23

새 계명 · · · · · · 24

사랑의 띠 · · · · · · 25

경건(敬虔)의 뿌리 · · · · 26

더 높고 멀리 · · · · · · 27

지 혜 · · · · · · · 28

굳건한 신앙생활 · · · · 29

기도의 능력 · · · · · · 30

참된 자 · · · · · · · 31

상속자 · · · · · · · 32

소망의 노래 · · · · · · 33

쓰임 받은 수제자(首弟子) · 34

영적(靈的) 전쟁 · · · · · 35

그는 내 형제 · · · · · · 36

하늘 은행 · · · · · · 37

영원한 기업 · · · · · · 38

거룩한 뿌리 · · · · · · 39

제2부
아름다운 영혼

인정받는 믿음 · · · · · 42

청결한 복 · · · · · · 43

행복 설명서 · · · · · 44

고난은 영광 · · · · · 45

심판의 날 · · · · · · 46

구세주를 모르고 · · · 47

귀한 믿음 · · · · · · 48

긍 휼 · · · · · · · · 49

세상의 소금 · · · · · 50

종말의 기도 · · · · · · 51

광풍(狂風) 속에서 · · · 52

희생양 · · · · · · · 53

목숨보다 귀한 만남 · · · 54

믿음은 은혜를 · · · · · 55

아버지 마음 · · · · · · 56

구원의 비밀 · · · · · · 57

기다리는 믿음 · · · · · 58

좋은 소식 · · · · · · · 59

잃어버린 두 아들 · · · · 60

초대의 자리 · · · · · · 61

침묵하라 · · · · · · · 62

섬 김 · · · · · · · · · 63

혼인 잔치 · · · · · · · 64

귀향 · · · · · · · · · 65

하늘의 만나(manna) · · · 66

나사로 이적 · · · · · · 67

아름다운 영혼 · · · · · 68

실로암(Siloam) · · · · · 69

참 포도나무 · · · · · · 70

우리의 선장(船長) · · · · 71

제3부

청지기의 삶

빈 무덤은 소망 · · · · · 74

보혜사(保惠師) 구세주 · · 75

십자가 사랑 · · · · · · 76

기쁜 소식 · · · · · · · 77

구세주 사랑 · · · · · · 78

영적 승리 · · · · · · · 79

아기 예수 · · · · · · · 80

좋은 열매 · · · · · · · 81

부활의 선물 · · · · · · 82

감사 찬송 · · · · · · · 83

생명의 떡 · · · · · · · 84

맥추(麥秋)절 · · · · · · 85

선택의 기로(岐路) · · · · · 86

출애굽 지도자 · · · · · 87

인약의 피 · · · · · · · 88

천국 소망 · · · · · · · 89

살아있는 영혼 · · · · · 90

예비한 선물 · · · · · · 91

추수 감사절 · · · · · · 92

그리스도 따르는 길 · · · 93

청지기의 삶 · · · · · · 94

꽃 주일(主日) · · · · · · 95

영혼의 스승 · · · · · · 96

뿌리 깊은 나무 · · · · · 97

감사할 이유 · · · · · · 98

제4부

구원의 역사

생애의 최고점 · · · · · · 102

소돔 탈출 · · · · · · 103

위대한 드라마 · · · · · · 104

축복의 비밀 · · · · · · 105

영의 회복 · · · · · · 106

여호수아 부탁 · · · · · · 107

믿음과 순종 · · · · · · 108

야곱의 서원 · · · · · · 109

사랑에 묶여 · · · · · · 110

야곱 이야기 · · · · · · 111

생명의 양식 · · · · · · 112

은총 받는 성장 · · · · · · 113

미래의 꿈 · · · · · · 114

구원의 역사 · · · · · · 115

십자가 붙들고 · · · · · · 116

광야의 은혜 · · · · · · 117

지켜 행하라 · · · · · · 118

푯대를 향하여 · · · · · · 119

믿음의 여인 · · · · · · 120

동 행 · · · · · · 121

영혼 점검 · · · · · · 122

존귀한 구원 · · · · · · 123

강한 자 · · · · · · 124

소통과 회복 · · · · · · 125

예배하는 삶 · · · · · · 126

하나님 따라잡기 · · · · · · 127

고통에도 불구하고 · · · · · · 128

광야의 능력 · · · · · · 129

명령과 약속 · · · · · · 130

제5부

믿음 지키기

독수리같이 · · · · · · · 134

흠 없는 유신 · · · · · · 135

언약의 회복 · · · · · · 136

믿음 지키기 · · · · · · · 137

동행의 축복 · · · · · · 138

오직 여호와 바라보며 · · · 139

알곡 축제 · · · · · · · 140

꿈꾸는 자 · · · · · · · 141

분노를 멈추라 · · · · · 142

평강의 삶 · · · · · · · 143

풍랑에서 · · · · · · · 144

믿음 회복 · · · · · · · 145

증 인 · · · · · · · · · 146

의지하는 복 · · · · · · 147

베데스다(Bethesda) · · · 148

거룩한 탄생 · · · · · · 149

정체성 회복 · · · · · · 150

삶의 풍년 · · · · · · · 151

영광의 길 · · · · · · · 152

구원 심판 · · · · · · · 153

화 목 · · · · · · · · · 154

그리하면 · · · · · · · 155

선한 이웃 · · · · · · · 156

구원의 비결 · · · · · · 157

행복이란 씨앗 · · · · · 158

"그 안에 뿌리를 박으며 세움을 받아
교훈을 받은 대로 믿음에 굳게 서서 감사함을 넘치게 하라"

- 골로새서 2:7 -

제1부

거룩한 뿌리

일어나 걸으라

미문(美門)에 구걸하는 장애인 있었는데
은과 금 없는 제자 예수님 이름으로
일어나 걸으라 하니 서서 뛰며 찬양해

예배에 관심 없고 밥그릇 채우려는
거지를 주목(注目)하여 담대히 일으키니
성전에 들어가면서 기도 능력 증거해

합력(合力)의 기도

믿음의 조상들은 역경과 고통 속에
온전히 신뢰하고 충만한 평안으로
합력해 선을 이루니 약속 말씀 성취해

세계를 운영하고 우리 삶 인도하는
창조주 비밀 몰라 이해가 부족해도
환난 날 부르짖으면 건져내고 해결해

꿈의 성취

반석 위 세운 교회 떠나지 말라 하니
성령의 바람 불어 주의 꿈 펼쳐지고
음부(陰府)의 권세 물리쳐 피로 사신 공동체

겸손과 눈물 속에 시험을 참고 견딘
경건한 행함이란 십자가 사랑이니
고난 중 권면 편지로 위로하는 사도(使徒)여

말씀에 교훈으로 산 제사 드리는 삶
우리 꿈 실상(實相) 되어 기쁘게 경배하며
어떠한 위험 닥쳐도 사명 감당(堪當)하오리

성도의 헌신 기도 새 힘의 근원이라
감사한 마음으로 신령한 축복 기원
창세 전 선택과 계획 이루소서, 이곳에

온전(穩全)한 뜻

지혜의 뜻을 따라
온전히 분별하여

우리의 삶과 행위
주님께 바치리니

미사에 선(善)을 행하여
확신으로 살려네

믿음을 따라서

상대방 비판함은 공동체 손해이니
바르고 견고하게 신앙을 유지하여
형제가 오해 없도록 책임 있는 행동을

판단은 내가 아닌 주님께 맡긴다면
격려와 사랑 실천 성도의 아름다움
힘써서 덕을 세우고 의의 깃발 드높여

구원의 감사

관심을 베풀어서 위로와 격려하니
버려진 어린아이 올곧게 성장하여
기쁨의 소식 전하니 은혜로다, 주 사랑

자비와 위로주는 우리 주, 그리스도
환난과 고난 중에 구원의 손길 펴고
복음의 창대(昌大)한 역시 이루이짐 친양해

변화의 능력

의(義)롭다. 인정하여 새 생명 얻었으니
값없는 주님 사랑 잊을 수 있으리오
죽음과 부활 증거한 복음 선물 받았네

연약한 우리에게 능력을 주셨으니
기도에 전념하고 은혜를 사모하여
세상을 변화시키는 승리 용사 되려네

전도자

고난과 능욕 중에
복음을 전하노니

성도의 힘이 되고
마음을 감찰하는

하나님 기쁘신 뜻을
영광 돌려 증언해

성숙한 그리스도인

환란과 핍박에도 흔적을 남겼는가?
영적(靈的)인 지문들은 후손의 유산이니
십자가 따르는 자랑 영광 돌려 살려네

주님을 닮아가는 정직한 증인 되고
기도의 능력으로 이웃을 사랑하여
내면에 선(善)한 영향력 가득 채워 가려네

끝없는 감사

영광의 아버지가 지혜와 계시(啓示) 주사
마음의 눈을 밝혀 소망을 알게 하니
우리게 베푸신 능력 풍성하고 충만해

죽은 자 가운데서 살리고 영생 주니
이 세상 통치 권세 발아래 복종하고
만물 위 교회 머리로 뛰어나게 하시네

새 계명

마음이 굳어지면 생명도 사라지니
욕심을 행치 말고, 유혹의 구습(舊習) 버려
진리의 가르침으로 구원함을 얻어라.

방탕과 더러운 것, 옛사람 거듭나서
거룩한 심령으로 새롭게 무장하여
성도의 삶과 행위를 온전하게 바치라

사랑의 띠

풍성한 말씀으로
지혜를 묵상하고

기쁨의 찬미 제사
감사로 영광 돌려

주 예수 이름 힘입어
온전(穩全)하게 살리라

경건(敬虔)의 뿌리

우리는 한 몸이니 거짓을 버려두고
가까운 사람들과 참된 것 말할지니
화나도 죄짓지 말며 해 지도록 품지 마.

도둑질하지 말고, 가난한 자 도우며
선한 일 수고하여 은혜를 끼치어라.
성령을 기쁘게 함은 구원 보장 수표니

악하고 더러운 말, 마귀에게 틈을 주니
이웃에 친절하고 불쌍히 여기어서
하나님 닮아가는 삶, 용서하고 베풀어

더 높고 멀리

사도의 희생으로 복음이 진전되고
서로가 신뢰하여 담대히 전하노니
환경의 위기에서도 기뻐하고 즐거워

합력한 믿음으로 열정적 수고함은
마귀와 대적하는 영적(靈的)인 전쟁에서
승리의 깃발 높이는 그리스도 은혜라

구원에 이르는 길, 간절한 소망으로
온전히 기대하며 존귀를 바라노니
십자가 죽음이라도 포기하지 않으리.

지 혜

지혜가 부족하면
구하라 하나님께

꾸짖지 아니하고
후하게 주시리니

조금도 의심치 말고
정(淨)한 마음 지켜라.

굳건한 신앙생활

기쁨은 성령 열매 마음의 습관이며
매 순간 기뻐하라 하나님 권면하니
감사도 훈련을 통해 유지되는 삶이라

고난에 흔들리는 부정적 편향(偏向) 버려
모든 일 염려 말고 구할 것 기도하면
평강의 그리스도기 상한 마음 지키리

참되고 경건하게 옳으며 정결하게
사랑에 칭찬받아 무슨 덕 기림이나
생명의 말씀 기억해 듣고 본바 행(行)하라

기도의 능력

기도는 은혜이며 하늘의 축복이라
고난 중 간구하면 상처를 회복하고
참믿음 지혜 주셔서 승리에 길 이끄네

역경이 찾아올 때 입술로 범죄 않고
자비의 아버지께 엎드려 회개하니
오히려 기쁨이 넘쳐 이길 힘을 주시네

시험에 빠져들어 지치고 낙심할 때
목자(牧者)를 모시어서 합심해 기도하면
일으켜 세워주시는 능력의 주 찬양해

참된 자

악함을 멀리하고 선한 것 본받으면
하나님 만나리니 사람 중 으뜸이라
진리로 받은 증거를 찬양하고 전파해

어디에 머무르고 누구를 따르는가?
구세주 영접하여 세상의 빛이 되어
구별된 인생길 기면 모든 일이 잘 풀러

상속자

참되고 신실(信實)하니
만물이 새롭도다

생명수 샘물 솟아
값없이 주는 선물

처음과 마지막 되신
하나님의 은혜라

소망의 노래

죽은 자 가운데서 부활한 우리 주님
그 긍휼 은혜 입어 산 소망 기대하면
고난의 현장 속에서 감사할 수 있다네

순간의 어려움에 낙심할 이유 없고
무궁한 인자로서 확실히 보장하니
담대한 믿음 지기면 가치 있는 삶이리

쓰임 받은 수제자(首弟子)

환상을 보여 주어 천사로 인도하여
의인(義人)인 백부장(百夫長)의 집으로 초대하니
말씀이 이방인(異邦人)에게 전파되는 은혜라

경건한 온 가족이 구제와 기도하니
상달된 소원들을 하나님 기억하여
베드로(Petrus) 성령 힘입어 충만하게 응답해

영적(靈的) 전쟁

강건한 능력으로 마귀를 대적하고
하나님 전신(全身) 갑주(甲胄) 취하여 무장하라
어둠의 세상 주관자 물리치고 승리해

악한 영(靈) 상대하여 씨름하는 용사들은
혈(血)과 육(肉) 싸움 아닌 통치자 멸(滅)함이니
진정을 치르고 나시 회복하길 위함이리

그는 내 형제

신실(信實)한 평신도(平信徒)로 죽음을 각오하고
바울(Paul)의 감옥까지 찾아간 동역자는
마음과 물질을 드려 섬김의 본(本) 보였네!

혼자서 가는 길은 힘들고 외로워도
복음의 멍에 메고 함께한 벗 있으니
교회의 귀중한 보물 예비하신 하나님

하늘 은행

물질에 집착하면 그것이 우상이라
주님과 재물 겸해 섬기지 못하나니
성숙한 그리스도인 영성(靈性) 척도(尺度) 지켜야

가진 것 쌓아놓고 행복을 누리런가
모은 것 올바르게 사용치 아니하면
남는 것 없다 했으니 선(善)한 사업 하여라

영원한 기업

깨달음 없는 세상 의인(義人)은 하나 없고
저주와 악독(惡毒)에서 진멸(盡滅)한 영혼들을
하나님 심판 앞에서 구원해 준 큰사랑

소유를 빼앗기고 죽음이 닥쳐와도
기쁘게 받겠노라 놀라운 고백 하면
하늘의 영원한 기업 물려받은 성도(聖徒)라

거룩한 뿌리

우리를 불러주신 거룩한 예수님은
믿음에 굳게 서서 행실(行實)을 곧게 하고
교훈을 잘 감당(堪當)하여 깊은 뿌리 내리라네

가나안(Canaan) 향하는 길 여호와 인도하여
요단(Jordan)을 건널지니 두려워하지 말고
거룩한 온전(穩全)하신 뜻 기뻐하며 따르라

"내가 주는 물을 마시는 자는
영원히 목마르지 아니하리니
내가 주는 물은 그 속에서
영생하도록 솟아나는 샘물이 되리라"

– 요한복음 4:14 –

제2부

아름다운 영혼

인정받는 믿음

이 세상 물질보다
형통한 축복은

믿음의 여유로움
놀라운 실상이니

주님께 인정받아야
칭찬받는 성도라

청결한 복

어둡고 흐린 세상 구별된 행동이란
순종과 사랑으로 소명을 실천하고
깨끗한 마음 밭 일궈 경배하는 삶이라

죄 사함. 보혈로서 순수한 영혼 되니
두려움 절망 속에 일어나 기뻐하며
헌신과 말씀 기도로 서룩하여 짐이라

행복 설명서

심령이 가난하여 긍휼을 받기 원해
온유와 화평으로 의(義)롭고 목마른 자
천국과 이 세상 기업 물려받을 것이요

애통과 고난 중에 엎드려 간구하는
마음이 청결한 자 하나님 볼 것이요
아들의 일컬음 받아 산상팔복(山上八福) 누리라

행복을 주기 위해 친히 온 그리스도
교만과 자랑 버려 인생을 변화하면
십자가 공로 힘입어 만사형통(萬事亨通)하리니

고난은 영광

의로운 일을 위해 박해를 받는 자는
천국을 차지하는 복 있는 사람이니
이 세상 고난 겪어도 하늘 상급 바라리

광야를 걸어가도 지치지 않는 것은
주께서 동행하여 인도해 주심이니
기쁨과 즐거움으로 선지자(先知者) 길 따르리

자신을 희생하는 구별된 역설(逆說)의 삶
성도로 바로 서니 핍박도 축복되고
거룩한 성품 이루어 예수 닮는 은혜라

심판의 날

천국은 바다에 친 그물과 같으니라
건져낸 물고기 중 좋은 것 그릇 담고
나쁜 것 내버리느니 세상 끝날 심판해

천사들 의인과 악인을 선별하여
풀무 불 던지리니 울면서 이 갈리라
복음을 깨닫게 하는 비유 말씀 진리라

구세주를 모르고

고향을 찾은 예수
복음을 선포하니

지혜와 권능 앞에
기이히 여기면서

목수의 아들이라고
배척하니 슬퍼라

귀한 믿음

이방인 기도 요청 즉시로 가겠다니
감당치 못한다며 말씀만 하라 했네
진실로 놀랍게 여겨 제자들을 교훈해

하인의 중풍(中風)증을 고치려 간구하는
백부장(百夫長) 믿음 보고 칭찬한 예수님은
천국의 귀한 자리를 보장하여 주셨네.

긍휼

가면 쓴 세상 속에 복 있는 사람이란
이웃을 돌보면서 자비를 베푸는 자
긍휼로 은혜 보좌 앞 눈물 흘려 기도해

상대편 신분이나 형편을 보지 않고
자신의 유익함을 따지지 않는 마음
아무도 일지 못하게 신한 일을 실친해

세상의 소금

우리를 선택함은 세상과 구별되어
말씀에 순종으로 사랑을 실천하고
어둡고 혼탁한 사회 일으키는 사명감

소금은 썩지 않고 고르게 스며들어
독특한 짠맛으로 희생한 양념이라
버려져 밟히지 않고 쓰임 받는 역사를

종말의 기도

소경인 바디매오(Bartimaeus) 구걸해 살았지만
예수님 지나가는 길목에 부르짖어
간절한 영혼 기도는 응답 되어 눈떴네

병 고침 받으려는 마지막 기회 잡아
온 마음 쏟아부어 하늘을 움직이니
믿음은 실상 이루어 거지 신분 버렸네

군중이 막아서도 약속의 음성 듣고
장애물 뛰어넘어 겉옷을 버리고서
십자가 대속의 은혜 경배하며 기뻐해

광풍(狂風) 속에서

광풍이 일어나며 파도가 배에 가득
제자들 주무시는 선생을 급히 깨워
죽겠다 외쳐 부르니 잠잠해라 꾸짖어

풍랑이 닥쳐와서 두려워 방황할 때
바람과 바다 향해 말씀을 선포하고
믿음이 어디 있느냐 축복 기회 교훈해

희생양

인자가 오신 것은
죄인을 섬김이라

예정된 뜻 이루려
고귀한 목숨 바쳐

스스로 대속물 되니
십자가의 피 흘림

목숨보다 귀한 만남

고달픈 인생길에 생업과 씨름하는
불쌍한 사람들을 제자로 불러 모아
구원의 만남 이루어 천국 소망 주었네

주님은 그리스도 하나님 아들이라
진실한 고백으로 반석에 교회 세워
음부(陰府)의 권세 이기리 축복하여 주셨네

왕으로 오신 이가 고난과 죽음이라
절대로 그럴 수가 없다고 항변하니
십자가 지고 따르라 부활 소식 전했네.

믿음은 은혜를

수많은 무리 중에 불쌍히 여기소서
큰소리 부르짖는 소경을 부르시어
소원을 듣고 이루니 눈을 뜨고 따랐네

길가에 앉은 자리 메시아(Messiah) 찾아오니
이적을 소망하여 겉옷을 내버리고
보기를 바라는 믿음 구원받은 은혜여

아버지 마음

주인이 출타하며 달란트(talent) 맡겼는데
돌아와 결산할 때 갑절로 남겼으니
착하고 충성된 종은 칭찬받고 기뻐해

저마다 받은 은사 감사한 열심으로
작은 일 충성하니 풍성한 열매 맺고
천국 날 잔치 참여해 영광 돌려 호산나(hosanna)

구원의 비밀

살아서 부자 되고 거지가 된다 한들
영혼이 구원받지 못하면 헛되나니
저 천국 바라는 것이 소망이요 은혜라

빈곤과 호화로움 인생길 차별해도
위선자 은밀한 죄 영원한 형벌 받고
신성한 믿음 소유사 천사들이 섬기리

기다리는 믿음

구원자 보내리라 계시의 말씀 이뤄
독생자 아기 예수 이 땅에 탄생하니
하늘에 영광과 평화 기쁜 찬양 부르네

의롭고 경건하여 메시아(Messiah) 기다리고
성령의 감동으로 예수님 영접하니
구세주 만민을 위한 평화의 왕이라네

좋은 소식

말씀이 육신 되어
구유에 오신 예수

목자와 동방박사
기쁘게 맞이하니

백성을 구원할 소식
천군 천사 찬송해

잃어버린 두 아들

품꾼이 되리라는 각오로 귀향하니
먼 거리 달려 나와 맞아준 아버지는
죽었다 살아났노라 기쁜 잔치 베푸네

분깃을 청함 없이 부모를 모셨지만
돌아온 동생에게 송아지 잡아주니
노하여 본성 드러내 시기, 질투 죄짓네

유산에 눈 어두워 상속자 욕심내고
말없이 들어주며 진심을 교훈해도
그 은혜 깨닫지 못한 내가 바로 탕자(蕩子)라

초대의 자리

겉으로 알 수 없는 내면의 모습이란
실패의 상황 속에 진심이 드러나니
영혼의 아름다움은 천사 얼굴 나타내

보상을 기대하면 마귀의 마음이라
비판과 시기 질투 심령(心靈)이 병드나니
주님을 기쁘게 하여 은혜 잔치 참여해

침묵하라

음욕을 품는 것도 간음과 마찬가지
불륜을 저지르면 율법은 돌로 치라
고발한 위선자들아, 너희 죄가 더하다

아우성 군중들의 올가미 시험 앞에
말없이 몸 굽히사 땅에 쓴 말씀이란
양심의 가책 느낀 자 흩어지고 죄 사함

판단과 비판으로 뭇 영혼 죽이는 자
독사(毒蛇)의 자식이라 꾸짖는 충고에도
메시아(Messiah) 십자가 달아 버림받은 민족아

섬 김

거칠고 무디어진 맘으로 무얼 하나
발 씻기 몸소 베푼 겸손한 주님 따라
움켜쥔 주먹 펼쳐서 기쁨으로 찬양해

우리 죄 사하시려 십자가 못 박힌 손
위대한 사랑으로 위로와 새 힘 주니
주님을 붙잡은 사림 변화 받아 승리해

제자들 모여 앉아 큰 자를 논쟁할 때
첫째가 되려거든 뭇사람 섬기어라.
쟁쟁한 성령의 음성 새겨듣고 실천해

혼인 잔치

혼례식 잔칫집에 포도주 떨어지고
하인들 순종하여 항아리 물 채우니
첫 표적 영광 나타내 제자들을 믿게 해

기쁨을 잃어버릴 대참사 발생하니
주인공 예수님은 난국을 수습하여
십자가 희생과 고난 미리 보여 주셨네.

귀향

밤마다 아버지는
문 열어 기다리고

세상에 상처받아
돌이킨 발걸음에

좋은 옷 실찐 송아지
아낌없이 베푸네.

하늘의 만나(manna)

굶주려 구하더니 배불러 외면하니
살아서 호흡해도 끊어진 목숨이라
광야의 표적 기억해 가나안(Canaan)에 입성을

육신은 생존하려 양식을 구하지만
영혼은 생명의 떡 말씀으로 사나니
주님과 동행하는 삶 영생 복락 누리라

나사로(Lazaros) 이적

죽은 자 무덤 속에 썩어져 냄새나도
비통한 심정으로 돌문을 열라 하니
생명 빛 비쳐 들어가 살아나게 하였네

빛으로 오신 이는 굳어진 마음 열어
더러운 죄악들을 정결히 씻어내고
믿음의 그 분량대로 보여 주는 산 소망

아름다운 영혼

우물가 찾아와서 물 원한 나그네는
하늘의 선물 내려 목마름 해결하고
솟아난 생수 마신 자 영원토록 산다네

남몰래 물 뜨러 온 수가(Sychar)성 여인에게
다시는 갈증 없는 샘물을 주었으니
고통의 영혼 거듭나 전도자가 되었네.

실로암(Siloam)

어두운 밤이 오면 일할 수 없음이니
눈먼 자 복음 사역 도구로 쓰임 받아
세상의 빛 되신 주님 영안(靈眼) 뜨게 하셨네

엎드린 걸인에게 모른 척 아니하고
불쌍한 마음으로 진흙을 발라주며
씻으라 명령에 순종 은혜받은 밝은 눈

참 포도나무

꼬이고 마디 많아 가치가 없다고 해도
포도원 주인장은 수확에 관심 두어
다듬고 깨끗이 돌봐 쓸모 있게 가꾸네

가지는 자기 혼자 열매를 맺지 못해
나무에 붙어 있어 주(主) 안에 거하나니
간절히 구하는 것은 무엇이나 이루리

우리의 선장(船長)

어두운 항해 길을 먼저 떠난 제자들
큰바람 파도 일어 두려워 외칠 때에
바다 위 걸어오셔서 목적지로 인도해

구주를 영접하니 기쁜 맘 차고 넘쳐
폭풍이 불어와도 지키고 돕는 손길
자연도 복종하게 한 능력 빌어 의지해

"그들에게 율례와 법도를 가르쳐서
마땅히 갈 길과 할 일을 그들에게 보이고"

- 출18:20 -

제3부

청지기의 삶

빈 무덤은 소망

새벽에 무덤 찾은 눈물의 여인이여
맨 처음 주님 만난 축복된 발걸음이
십자가 고난 이겨낸 부활 소식 전하네

골고다(Golgotha) 보혈 흘려 매달린 예수 보며
슬픔과 절망으로 지새운 사흘 밤낮
돌이켜 마주한 얼굴 사망 권세 이겼네

보혜사(保惠師) 구세주

수많은 이적 베푼 죄 없는 예수님이
조롱의 십자가에 어이해 달리셨나!
우리 죄 대속하시고 부활하신 구세주

보혜사 성령 받아 새롭게 변화되어
목숨도 내려놓은 순교자 길을 가니
절망의 안개 걷히고 소망으로 달려가

인간은 죽음으로 일생을 마치는데
창조주 예정하심 우리를 살리려고
약속의 빈 무덤 보여 끝날까지 함께해

십자가 사랑

인류를 구원하려
독생자(獨生子) 오셨으니

이 죄인 대신하여
고난을 받으시고

십자가 보혈의 사랑
부활로서 증명해

기쁜 소식

한 여인 슬피 울며 찾아간 무덤에는
돌문이 열려 있고 세마포(細麻布) 놓였으니
천사의 기쁜 소식을 달려가서 전했네

스승의 죽음으로 절망한 두 제자가
무거운 마음 안고 귀향하는 발걸음에
동행자 세미한 음성 신령한 눈 밝혔네

구세주 사랑

죄에서 구원하려 기묘(奇妙)자 오셨으니
선지자 예언하신 말씀을 이룸이요
영원한 구세주 사랑 임마누엘(Immanuel) 은혜라

사망의 수렁에서 건질 자 누구인가?
독생자 보내셔서 십자가 달렸으니
거룩한 언약 기억해 평강의 길 인도해

영적 승리

선악이 함께 하는
지혜를 깨달으니

마음은 하나님께
지체는 죄의 법을

오호리 곤고(困苦)힌 사람
사망에서 구원을!

아기 예수

다윗성 낮은 마구 탄생한 갓난아기
죄인을 구원하려 우리 왕 오셨으니
구세주 모시어 들여 찬양하며 경배해

성탄절 뜻 모르고 쾌락에 빠진 세상
이 땅에 평화 주려 십자가 길을 걷고
독생자 영광이 가득 탄일종이 울리네

좋은 열매

세상의 유혹에도 마음을 지킬지니
문밖에 기다리는 주 예수 맞이하고
늘 깨어 기도와 간구 가시밭길 꽃피워

심판은 뿌린 대로 거두는 하늘 법칙
인생길 골짜기에 밀알을 심고 가꿔
진리의 새 사람으로 좋은 열매 맺으리

부활의 선물

부활한 예수님이
찾아와 평강 묻고

제자들 기뻐하며
성령을 선물 받아

이웃을 용서하라는
참사랑을 다짐해

감사 찬송

주 앞에 감사하고 찬송으로 예배드려
인자(仁者)와 성실하심 말씀으로 높이리니
간구에 응답하시며 곤한 영혼 힘주네

탁월한 여호와의 진리를 노래함은
낮은 자 굽어살펴 환난 중 살리시는
영광의 구원 사역에 전심으로 경배해

생명의 떡

인자의 살과 피를 나누는 비유 말씀
이것은 참된 양식 음료라 성찬(聖餐) 하니
진실로 영생을 얻는 마지막 날 잔치라

광야의 새벽이슬 만나(manna)로 먹여주니
하늘이 내린 떡은 생명의 근원이라
부활한 예수를 영접 구원 사역 함께 해

맥추(麥秋)절

시내 산(Har Sīnay) 언약으로
절기를 지켰더니

여호와 날개 아래
보호해 주신 은혜

첫 수확 감사드리는
맥추절의 큰 기쁨

선택의 기로(岐路)

천하의 왕이 되신 거룩한 여호와여
대적을 물리치고 맞이해 품어주니
순전한 찬미 제사로 첫 열매를 드려요

원죄의 심판으로 쫓겨난 에덴(Eden)동산
피 흘린 옷을 입혀 용서한 하나님은
구원의 손길을 펴서 그 사랑을 확증해

출애굽 지도자

버려진 운명 속에 창조주 예정함은
어머니 유모 삼아 아이를 키웠으니
변신한 바로(Pharaoh)의 왕자 이스라엘 인도자

나일강 갈대 상자 민족의 방주 되어
열 재앙 물리치고 출애굽 하였으니
광야의 언난을 서쳐 가나안을 향하네

언약의 피

만찬을 베풀어서
포도주 떡 나누며

이것은 내 살이요
피라는 언약으로

십자가 죽음 예비한
그리스도 참사랑

천국 소망

살아서 부자 되고 거지가 된다 한들
영혼이 구원받지 못하면 헛되나니
저 천국 바라는 것이 소망이요 은혜라

빈곤과 호화로움 인생길 차별해도
위선자 은밀한 죄 영원한 형벌 받고
신성한 믿음 소유사 천사들이 섬기리

살아있는 영혼

구원을 받았으니
그 기쁨 감사함을

마음에 간직하여
거듭난 영혼으로

영성(靈性)을 잘 관리해야
의미 있는 삶이라

예비한 선물

허물과 죄악으로 죽었던 날 살리고
이 세상 풍조 따라 불순종하였으나
풍성한 긍휼 베풀어 그 큰 사랑 확신해

진노(震怒)의 자녀들이 은혜로 구원받아
예수와 함께 앉아 하늘에 영광 보니
구원은 믿음의 신물 신(善)한 일을 행하리

추수 감사절

인생길 고난에도
서로를 격려하고

하나님 뜻을 따라
범사에 감사하며

열매가 없을지라도
기뻐 드린 감사절

그리스도 따르는 길

예수의 제자라면 십자가 둘러메고
가난한 심령으로 자신의 소유 버려
신앙의 기초공사를 튼튼하게 세워야!

가진 것 바치라니 실망해 떠난 자여
바르게 알고 믿어 불법을 하지 말라
아버지 뜻을 따르면 구원받고 천국 가

청지기의 삶

지나간 멍에 벗어
남은 때 설계하여

정욕을 멀리하며
청지기 삶을 살고

깨어서 온유와 겸손
갑옷으로 무장해

꽃 주일(主日)

장사(壯士)의 화살통에
가득 찬 태(胎)의 열매

순전(純全)한 어린아이
천국에 어른이라

자녀를 노엽게 밀고
교훈 따라 가르쳐

영혼의 스승

고아와 같은 나를
긍휼히 여기셔서

참 진리, 성경 말씀
이끌고 가르치니

영원히 감사할 은혜
스승으로 섬기리

뿌리 깊은 나무

가녀린 영혼 움터 무성한 가지 내고
꽃피어 열매 익어 나이테 늘어나니
비바람 휘몰아쳐도 굳건히 선 파수(把守)꾼

험난한 인생 여정 그 누가 보장하랴?
우거진 동산 가꾼 지기의 땀 흘림이
광주리 차고 넘치는 수확으로 보답해

감사할 이유

당연한 처사(處事)라고
여겼던 하늘 은혜

한평생 모든 것이
감사의 선물이라

묵묵히 감당(堪當)할 사명
응원하는 주(主) 사랑

"그 아기가 자라매 바로의 딸에게로 데려가니
그가 그의 아들이 되니라
그가 그의 이름을 모세라 하여 이르되
이는 내가 그를 물에서 건져내었음이라 하였더라"

– 출애굽기 2:10 –

제4부

구원의 역사

생애의 최고점

에녹(Enoch)은 하나님을 기쁘게 하였으니
죽음을 건너뛰어 천국에 옮겨졌고
마음과 뜻의 조화로 삼백 년을 동행해

건강한 영혼으로 최선을 다하는 삶
죄악과 분리하여 성결한 길을 가니
거룩한 계보를 이어 후손 번성 충만해

소돔 탈출

죄악에 빠져 살아 망하게 되었으니
천사를 파송하여 떠나라 재촉하고
미련에 지체한 자들 이끌어서 구원해

세상에 붙잡혀서 무엇을 망설일까?
급박한 상황에서 여호와 등 떠밀어
노피처 산으로 가라 강권하여 인도해

위대한 드라마

백 세에 태의 상급 선물한 독자 이삭
그 아들 번제물로 바치라 명령하니
일찍이 나무를 쪼개 모리아(Moria)산 순례길

순종한 마음으로 기도로 준비하여
목숨을 내어놓고 칼 들어 결단하니
하나님 경외하는 줄 인정받은 산 제사

자손이 뭇별만큼 믿음의 조상되라
나태한 신앙생활 시험을 주었으니
깨달은 여호와 이레(Yir'eh) 응답하신 은혜여

축복의 비밀

인생길 위기에도 떠나지 말라 하고
기근이 닥쳐와도 약속의 땅 머물지니
죄악의 세상을 통해 복된 자리 이루네

채찍을 들기보다 후하게 축복하여
잘못을 돌이키는 하나님 섭리 속에
예배를 회복하도록 인도하는 큰 사랑

영의 회복

믿음의 조상으로 서로가 불화하여
하나님 계시 말씀 신뢰치 못했으니
험난한 골짜기에서 파란만장 삶이라

세상과 어깨동무 육신의 정욕 따라
기도를 멀리하니 영혼이 메마르고
마음에 성령 소멸해 분별 능력 없도다

인간의 어리석은 영적인 눈 흐리고
나만을 위한 욕심 실패한 인생이니
충만한 은혜를 사모 회복하라 첫사랑

여호수아 부탁

가나안 정복하여
어떻게 살아갈지

출애굽 과정에서
말씀한 계명 따라

엎드려 지켜 행하면
함께하리 영원히

믿음과 순종

믿음의 아브라함(Abraham) 여호와 명령 따라
이삭(Isaac)과 동행하여 번제를 드리고자
지시한 모리아(Moria) 성산(聖山) 순종으로 올랐네

영적인 눈 어두워 시험을 내렸으니
새벽에 일어나서 갈 길을 재촉하고
죽음도 망설임 없는 제사 앞에 감동해

야곱의 서원

나그네 광야 길에 해가 져 노숙할 때
꿈속에 사닥다리 하늘에 닿았으니
돌베개 기둥 세우고 벧엘(Bethel)이라 불렀네

천성과 땅을 잇는 중재자 예수님은
험난한 도피처에 함께해 인도하니
평안히 귀향하는 날, 십일죠(┼ 租)를 드리리

사랑에 묶여

나그네 여정 속에 소망을 품고 사니
삯꾼의 하루하루 칠 년이 며칠이라
기꺼이 섬기는 정성 동행하는 여호와

첫눈에 반한 사랑 오롯이 간직하여
고난도 기쁨으로 이길 수 있었으니
지팡이 짚고 선 시작 거부(巨富) 되어 귀향해

야곱(Jacob) 이야기

형 에서(Esau) 속임수로 장자권 빼앗아서
분노의 칼을 피해 도망간 야곱 생애
사람이 주어(主語) 된 삶은 눈물 섞인 고난뿐

도피한 타향살이 두려움 안고 사니
광야의 약속 따른 연단의 과정이라
발걸음 붙잡힌 하란(Haran) 떠난디면 축복이

나그네 가는 길에 인도자 누구인가?
인간의 욕심 버려 참 평안 누리려면
여호와 계획에 맡겨 전적으로 따라야!

생명의 양식

고난의 여정 속에 성령이 인도하여
노예의 신분에서 총리가 되었으니
예비한 알곡 광주리 창고마다 가득해

일곱 해 흉년으로 온 땅에 기근 와도
요셉(Joseph)의 나라에는 양식이 풍부하니
굶주린 이웃 영혼들 여호와께 엎드려

은총 받는 성장

여호와 존중하고
경멸치 아니함은

최고의 믿음 유산
대물림 선물이니

올바른 말씀 가르쳐
귀히 여김 받으라

미래의 꿈

이방 땅 애굽에서 거주한 요셉(Joseph) 가족
주 백성 인도하여 새 땅을 주시리니
그 약속 이뤄지도록 소망 품고 기다려

예정한 구원 사역 죄인을 살리시고
믿음의 보금자리 자녀를 축복하여
우상 속 노예 삶에서 건져내어 돌보리

구원의 역사

버려진 운명 속에 창조주 예정함은
어머니 유모 삼아 아이를 키웠으니
변신한 바로(Pharaoh)의 왕자 이스라엘 인도자

나일강 갈대 상자 민족의 방주 되어
열 재앙 물리치고 출애굽 하였으니
광야의 연단을 거쳐 가나안을 향하네

십자가 붙들고

광야길 여정 속에 물 없는 갈증이란
마라(Mara)의 쓰디쓴 물 원망은 빗발치고
위기에 부르짖으니 인생 고난 해결해

던져진 나뭇가지 단물로 변화되어
인도한 오아시스 열두 샘 넘쳐나고
여호와 법도와 율례 청종하는 주 백성

광야의 은혜

출애굽 여정 속에 백성을 굶게 하랴?
내일 일 염려 말고 믿기만 하면 될걸
굶주려 죽겠다 불평 시험받길 자초해

불기둥 구름 기둥 인도한 광야에서
만나(manna)와 메추라기 배불리 먹게 하며
은혜로 어호와 영광 돌리기를 원했네

지켜 행하라

요단강 건너가서 약속한 땅을 딛고
강하고 담대하면 대적자 없으리니
명령한 율법을 지켜 형통의 복 누리라

발바닥 밟는 곳은 차지할 영토이며
떠나지 아니하고 함께 할 맹세이니
말씀을 주야로 묵상 평탄한 길 걸으라.

은혜로 거저 받은 구원과 영생 선물
믿음을 지키려면 말씀에 집중하여
사탄(Satan)의 유혹 물리쳐 승전가를 외치리

푯대를 향하여

이 세상 지나가나
구원은 영원하니

오로지 하나님 뜻
행하는 성도(聖徒)들은

영광에 이르는 길목
십자가를 맞으리

믿음의 여인

여호와 살아계심 이방 땅 전해지니
두려워 떠는 자들 그중에 택함 받은
믿음의 라합(Rahab) 여인은 정탐꾼을 숨겼네

선대(善待)한 은인에게 구원을 맹세하고
인자와 진심으로 대접해 주었으니
붉은 줄 온 가족 살린 증표 되어 걸렸네

동 행

강하고 담대하여 율법을 준행하고
온전히 바로 서서 우상을 멀리하며
마음 판 말씀을 새겨 생명 양식 삼아라.

결실한 포도나무 가지와 하나 되어
악인 꾀 멀리하고 오만한 자리 떠나
주님과 동행하는 삶 만사형통 길이라

영혼 점검

먼 길을 가는 동안 경고등 들어오면
곧바로 점검하여 원인을 정비해야
무사히 목적지까지 다다를 수 있으니

영혼이 무탈하게 성숙해 가는 건지
늘 깨어 살펴보며 세미한 음성 듣고
고갈된 기도 불붙여 전도 여행 떠나리

존귀한 구원

두려움 없는 사람 어디에 있으리오
우상을 멀리하고 여호와 의지하여
간절히 부르짖으면 은밀한 일 보이리

시험과 역경에도 이기는 방법이란
하나님 기뻐하는 성숙한 믿음으로
말씀과 계명 지키면 죽음조차 이기리

강한 자

궁핍과 환란 고통 죽음도 불사(不辭)하고
언약의 말씀 따라 적(敵) 세력 물리치니
세상을 이기는 승리 감옥에서 찬송해

맹수의 입을 막는 무기가 무엇인가?
굶주린 사자 우리 던져진 다니엘(Daniel)은
그 믿음 창과 칼보다 더욱 강한 용사라

소통과 회복

갈등과 분쟁 속에
어디에 서 있는가?

이방인일지라도
지난날 편견 버려

주님 뜻 믿고 따르면
소통하여 회복해

예배하는 삶

내 속에 정(淨)한 마음 창조한 여호와여
진리로 충만하게 새롭게 이끌어서
구원의 즐거움 회복 경배하는 영광을

죄인이 무릎 꿇어 눈물로 뉘우치니
십자가 속죄의 피 심령을 물들이고
자원해 드리는 예배 기뻐 받는 주시라

하나님 따라잡기

어디서 참 평안을 누릴 수 있으리오
교회는 성도에게 예비한 안식처니
강하게 임재하시는 새 힘 얻어 무장해

꿈 없는 인생살이 절망적 상황에서
기적의 주님 앞에 눈물로 엎드리면
시온(Zion)의 대로를 열어 축복으로 이끌어

고통에도 불구하고

예배와 찬양으로 의지한 믿음의 삶
고통 속 간구할 때 내 영혼 힘주시니
말씀의 승리를 믿어 확신으로 감사해

내 뜻이 아니오라 하나님 뜻을 따라
선(善)하신 주권 신뢰 인생의 목적이니
곤고(困苦)한 환경 속에서 값진 진주(眞珠) 만드리

광야의 능력

황폐한 광야에서
절망한 백성에게

위로의 오아시스
선물해 주셨으니

기쁘고 즐거운 노래
영광 돌려 감사해

명령과 약속

광야길 보호하여 예비한 새 땅 주니
우상에 경배 말고 이방인 멀리하라
오로지 여호와 섬겨 축복받는 선민(選民)이

나그네 인생이여 세상에 지체 말고
유혹을 물리쳐서 신속히 지나치라
성도의 최종 목적지 하늘나라 향하여

"아벨은 자기도 양의 첫 새끼와 그 기름으로 드렸더니
여호와께서 아벨과 그 제물은 열납하셨으나"

- 창세기 4:4 -

「また、アベルは彼の羊の初子の中から、 それも最良のものを、それも
自分自身で、 持って来た。
主は、アベルとそのささげ物とに目を 留められた。」

- 創世記 四章 四節 -

제5부

믿음 지키기

독수리같이

벌레는 땅만 보고
새들은 하늘 바라

한 치 앞 알 수 없는
만물의 섭리 속에

눈 들어 높고 먼 미래
소망 두는 지혜를

鷲の樣に

虫は地面だけ見て
鳥らは空眺めるのに

一寸先も分からぬ
万物の攝理の中に

目を上げ、高く、遠未來
見通す知惠を…

흠 없는 유산

율법을 폐지하고 경계선 지웠으니
늘 깨어 기도하고 깨끗한 심령으로
십자가 긍휼한 사랑 확신하여 증거해

은혜의 보좌 앞에 담대히 나아가면
올곧은 믿음의 길 그 누가 방해하랴?
이방인 구원 계획은 순금보다 귀하다

無傷の遺産

律法廢止し,境崩したので
常に覺めて祈り,綺麗な心靈で
十字架の物凄い愛,思い込み,証據しろ

惠みの御座に大胆に近付けば
正しい信仰の道　誰が妨げようか
異邦人救い計畵は純金より貴重なんだ

언약의 회복

만물을 말씀으로 지으사 축복하고
감사의 제사 받길 원하는 여호와께
탐욕의 바벨탑 쌓아 탄식하게 했도다

오묘한 자연 보며 창조주 기억하니
피조물 은혜 베푼 충만한 사랑이여
멸망의 심판 날에도 하늘 소망 찬미해

口固めの回復

万物を お言葉で作られ,祝福されて
感謝の生け贄もらうのを 願うエホバに
貪欲のバベルの塔積み上げ, 嘆息させたなぁ

妙な自然見ながら 創造主覺えるから
被造物に惠んだ 充満した愛よ
滅亡の裁きの日にも 天の望み 賛美するね

믿음 지키기

타락한 인간에게 대홍수 내렸으나
의인을 구원하고 무지개 언약 세워
믿음의 영원한 제사 받으시길 원했네

하나님 영화롭게 사람의 본분이라
이 시대 본받으면 심판이 있으리니
마음을 새롭게 하여 온전한 뜻 분별해

信仰守り

墮落した人間に大洪水与えたが
義人を救い,虹口固め立てて
信仰の永遠な生け贄望んだね

神様　尊く,人の本分であり,
この時代　見習えば裁きあろうから
心を新たにし,全き志見分けるように

동행의 축복

온 땅이 기름지고 우거진 숲이라도
향락에 빠져들어 악한 일 휩쓸리면
보이는 땅과 소산은 가시덤불 내리라

황무지 머물러도 함께한 여호와는
눈 들어 바라보는 사방(四方)을 주시리니
영원히 자손 대대로 축복하고 인도해

同行の祝福

豊沃な土地で茂った森でも
享樂に溺れ,惡事に巻き込まれると
全ての所産は茨茂みとなろうぞ

荒れ地に留まっても一緒のエホバは
目に見える四方を授けようから
永久に子々孫々祝福して導くぞ

오직 여호와 바라보며

출애굽 험난 여정 가나안 축복의 땅
언약궤 앞서 인도 요단강 건넜으니
여리고(Jericho) 튼튼한 성벽 여호와가 허물리

불가능 시련 앞에 기이한 이적 일어
장애물 두려 않고 마른 땅 건너가니
확실한 신앙 목표는 삶의 변화 일으켜

一向　エホバだけ眺めながら

出エジプト險しい旅程,カナン祝福の地
契約箱　啓行し,ヨルダン川渡ったので
エリコ　丈夫な城壁　エホバが取り壊すぞ

不可能試練の前に奇異な奇跡起り,
障害物恐れず,乾いた土渡ったら
確實な信仰目標は生き方の変化起こすぞ

알곡 축제

하늘에 이슬 내린
기름진 들녘마다

넉넉한 오곡백과
창고에 가득 들여

감사로 추수 잔치한
기쁜 날의 찬미라

麥　祭り

天からの露浴びた
肥えた野原ごとに

豊かなあらゆる穀物
倉にいっぱい納め,

感謝の刈り入れ宴
嬉しい日の賛美である.

꿈꾸는 자

노예로 팔렸으나 여호와 동행하니
형통한 종이 되어 주인장 신임 얻고
은혜로 섬긴 충성은 모든 소유 차지해

비천한 환경에서 현실을 받아들여
묵묵히 참고 견딘 이유는 믿음이라
주관자 뜻을 따르니 범사마다 복 받아

夢見る者

奴隷として賣られたけど エホバ連れなんだから
万事旨くいく僕になり, 主人に見込まれ,
眞に仕えた誠忠は 全てを占めたね

似非者にも拘らず, 現實を受け入れ,
默々と耐え忍んだことは 信仰のお陰であり,
主の御心に從ったから 全てのことに福を受けたんだぞ

분노를 멈추라

분노와 혈기 따라 힘줄을 끊지 말고
혹독한 속마음은 저주의 불씨이니
형제가 영광 바라며 흩어짐을 면하라

억울한 상황에서 응답이 없더라도
하나님 영향력을 의지해 기다리면
합력해 선(善)을 이루는 크신 손길 감사라

怒るな

怒りと血氣によって 筋を切らずに
嚴しい本音は 呪いの火種だから
兄弟が 榮光を願って散らばるな

悔しい狀況で 応答がなくても
神樣の影響力を 信じて待てば
合力して善をなすご恩の手，　感謝なのを…

평강의 삶

목숨을 지키려고 염려치 말라 하니
들녘의 백합화와 공중 나는 새를 보라
그보다 귀히 여기는 창조주의 돌보심

믿음이 적은 자는 아궁이 들풀이니
한날의 괴로움은 그날로 이겨내고
그 나라 의를 구하면 모든 것을 더하리

平和の歩み

命のことで心配せず,
野原のゆりの花や中天を飛ぶ鳥を見ろ
それよりも珍重がる創造主のお世話

信仰の薄い者は爐に投げ込まれる草なのを
本日の苦しみは卽日,打ち勝ち,
神の國と義とを求めると全て与えられるぞ.

풍랑에서

시험을 당하거든 온전히 기뻐하라
믿음의 시련들이 인내를 만드나니
만백성 축복하려는 여호와의 큰 사랑

조금도 의심 말고 오로지 순종으로
바람에 요동치는 물결이 되지 말라
주님은 무엇이든지 기도하면 응답해

風浪で

試みられたら 完全に喜びな
信仰の試練などが 忍耐を拵えるので
万民を祝福しようとする エホバの聖なる愛

少しも疑わずに 只管従順に
風に搖れる 波になるな
主は何でも 祈れば応えられるぞ

믿음 회복

솔로몬(Solomon) 부귀영화
안개와 이슬이라

사랑과 은혜 떠나
유혹에 빠졌으니

헛디딘 믿음 되살려
하늘 소망 누려야!

信仰回復

ソロモンの富貴榮華
霧であり,露でありそうだ.

愛と惠みは忘れ,
誘惑に陷ったから

忘られた信仰蘇らせ,
天の望みうけるべきであろう

증 인

예수를 선생으로 따르던 열두 동료
진리의 말씀 듣고 이적을 보았지만
십자가 매달리시니 실망하여 흩어져

모여서 근심하는 제자를 찾아와서
평강이 있으리라 위로와 확신 주니
죽음도 두려워 않고 순교자로 나섰네.

証人

イエスを先生として慕った十二人の同僚
眞理の御言葉聞いて御業を見たが
十字架に掛けられ,失望してばらつき,

集まって心配した弟子を訪ねられ,
平安あろうと慰めと確信させたら
死も恐れず,殉敎者として乗り出したね.

의지하는 복

어디서 참 평안을 누릴 수 있으리오
교회는 성도에게 예비한 안식처니
연약한 마음과 육체 새 힘 얻어 회복해

꿈 없는 인생살이 절망적 상황에서
기적의 주님 앞에 눈물로 엎드리면
시온(Zion)의 대로를 열어 축복으로 이끌어

便りにする祝福

何處で眞の平安を享受できようか
敎會は聖徒に備えた安息所だから
弱い心と体　新たな力得て回復するぞ

夢無い人生　絶望的狀況で
奇跡の主の前に涙でひれ伏したら
シオンの大通り開いて祝福に導くぞ

베데스다(Bethesda)

기적의 연못가에 모여든 병자 중에
원망과 불평으로 긴 세월 누워있는
버려진 몸과 영혼을 치유하신 구세주

낫고자 하는 믿음 네 자리 들고 가라
안식일 자비 베푼 용서와 사랑 손길
연약한 형편 아시고 문제해결 하셨네.

ベテスダ

奇跡の池の辺りに集まった病人の中,
恨みとぼやきつつ長年寝てる,
哀れな肉と魂を癒された救い主

治ろうとの信仰　床取り上げて歩け
安息日　慈しんだ赦しと愛の手
事欠く有り様知られて問題解決なさったね.

거룩한 탄생

태초에 말씀으로 계시던 그리스도
우리를 구하려 이 땅에 오셨으니
확증된 십자가 사랑 힘과 평안 주시네

하나님 자녀 권세 누리는 기독교인
육신을 입고 오신 외아들 동행하니
은혜와 진리 충만한 삶의 중심 구주라

聖なる誕生

太初に御言葉でおられたキリスト
我々を救いに この地にお出でなさったので
確証された十字架愛,力と平安与えられるね

神様の子の權勢 享受するクリスチャン
肉身お召しになった 獨り子　同行したら
ご恩と眞理充滿の 生の中心　救い主なんだぞ

정체성 회복

수제자 시몬(Simon)에게 나를 더 사랑하냐?
그렇다! 주님께서 잘 알지 않습니까
세 번씩 똑같은 질문 근심하게 하였네

알면서 확인하는 주님의 질문 앞에
진심을 고백해도 또 묻는 그 뜻이란
어린 양 먹이고 치라 명령하신 새 계명

アイデンティティ回復

高弟シモンに,私を愛するのか?
はい!主がよくご存じです
三度も同じ尋ね,心を痛めたね

知っていながら確認する主の尋ねに
本音を告白しても又　聞くその意味とは
私の羊を飼えと命じられた新たな戒め

삶의 풍년

진실한 신앙생활
지키기 위해서는

기름진 마음 밭에
말씀을 파종하여

수고로 가꾸어가면
알곡 추수 거두리

生の豊年

眞實な信仰生活
守る爲には

肥えた心畑に
御言葉を蒔き,

苦勞して培えば
穀物刈取りになろうぞ

영광의 길

의로운 일을 위해 박해를 받는 자는
천국을 차지하는 복 있는 사람이라
이 세상 고난 겪어도 하늘 상급 바라리

광야를 걸어가도 지치지 않는 것은
주께서 동행하여 인도해 주심이니
기쁨과 즐거움으로 골고다(Golgotha) 길 따르리

光榮の道

義理堅い事の爲, 迫害を受ける者は
天國を占める 福有る人だから
この世, 苦難に遭っても 天の報いを願うぞ

廣野を步いても 疲れないのは
主が同行なさり, お導き下さるから
喜びと樂しみで ゴルゴタの道に步むぞ

구원 심판

살아서 부귀영화 누리고 살지라도
영혼이 구원받지 못하면 헛되나니
저 천국 바라는 것이 소망이요 은혜라

빈곤과 호화로움 무엇이 부러울까?
인생은 빈부격차 차별을 할지라도
진정한 믿음의 소유 분량 따라 심판해

救い裁き

富貴榮華を享受しつつ生きるとしても
魂が救われなきゃ無駄だから
あの天國願うことが 望みであり, 惠みである

貧困と豪華さ　何が羨ましいか?
人生は貧富差別するとしても
眞の信心の持ち主 分量により, 裁かれる

화 목

이웃과 하나 되어 서로가 갈등 접고
주 안에 교제로서 화합을 도모하여
상대가 축복받기를 기도하는 참 성도

부르심 받았으니 은혜를 잊지 말고
어두움 물리치고 빛 속에 살아가며
새 생명 얻은 기쁨을 온 세상에 전하세

和睦

隣と一つになり, 互いに葛藤は止め,
主と共に付き合って 和合を図り,
相手が祝福されるように 祈る眞の聖徒

召されたから ご恩を忘れず,
闇は退け, 光の中で生きながら
新生命得た喜びを 世界中に伝え給え

그리하면

네 눈 속 들보 **빼내** 이웃 비판 말지니
제단에 나서기 전 형제와 화목하고
감사로 드리는 예물 가장 귀한 은혜라

헤아릴 방법 없는 내일 일 염려 말고
한 날의 괴로움은 순식간 지나리니
그 나라 의를 구하면 이 모든 것 더하리

そうすれば

自分の目の梁は抜き出し,隣は批判するな
祭壇に出る前,兄弟と睦まじく,
感謝の贈り物,最も高価な惠みであろう

計り知れぬ明日のこと心配せず,
一日の苦しみは瞬く間に過ぎ去るから
神の國と義とを求めると全て与えられる.

선한 이웃

강도를 만난 길손
쓰러져 신음할 때

교만한 지도자는
피하여 지나가고

자비한 사마리아(Samaria)인
치료하며 돌봐줘

善い隣人

強盗に遭った旅人
倒れ,呻いてる時

驕り高ぶる指導者は
避けて通り過ぎ,

慈悲深いサマリア人
治療して面倒見るよね

구원의 비결

정욕과 더러움에 빠져서 죄지으면
불신앙 회개하여 진리를 회복하라
사람은 경배와 섬김, 본분으로 여겨야!

탐욕과 추악으로 조물주 뜻 어기면
불 심판 받을지니 거짓을 분별하라
탕자의 상실한 마음 구원으로 인도해

救いの秘訣

情欲と汚れに溺れ,罪犯すと
不信仰　悔い改め,眞理を回復せよ
人ならば敬拝と仕えを本分と考えるべき,

貪欲と醜惡で造り主の意を破ると
火裁き受けるから嘘を見分けろ
放蕩息子の喪失した心も救いに導く

행복이란 씨앗

행복한 내일 꿈꿔 소망의 씨앗 심고
정성껏 가꾸어서 싹트고 자라나면
꽃 피는 봄 동산에서 감사 찬미하리니

오늘의 귀한 시간 즐겁게 맞이하여
버겁고 힘들어도 견디어 이겨내면
마음에 웃음꽃 가득 살맛 나는 인생사

幸せとの種

幸せな明日夢見ながら望みの種蒔き,
丁寧に手入れし,芽生えて伸びたら
花咲く裏山で感謝の賛美するから

今日の貴い時間,樂しく迎え,
手に余り,大変でも耐え忍んで乗り越えれば
心の笑い花いっぱい,生き甲斐のある人間万事